每個人心中，
都有一句正能量……

給親愛的

沉澱過後，我們再出發。

冬

——

沉
澱

學會放下，失即是得。

MONTH : 1 2 3 4 5 6 7 8 9 10 11 12

MON

TUE

WED

THU

FRI

SAT

SUN

走了這麼久，你一定累了吧？
泡杯熱茶，休息一下吧。

MONTH : 1 2 3 4 5 6 7 8 9 10 11 12

MON

TUE

WED

THU

FRI

SAT

SUN

耐得住寒冬，才等得到花開。

MONTH : 1 2 3 4 5 6 7 8 9 10 11 12

MON

TUE

WED

THU

FRI

SAT

SUN

放下，其實是一種全新的擁有。

MONTH : 1 2 3 4 5 6 7 8 9 10 11 12

MON

TUE

WED

THU

FRI

SAT

SUN

失敗時多給自己一些鼓勵，孤獨時給自己多一些溫暖。

MONTH : 1 2 3 4 5 6 7 8 9 10 11 12

____
MON

____
TUE

____
WED

____
THU

____
FRI

____
SAT

____
SUN

善良，是心靈的指南針，讓我們永遠不迷失方向。

MONTH :   1   2   3   4   5   6   7   8   9   10   11   12

MON

TUE

WED

THU

FRI

SAT

SUN

心有多遠，路有多長，路在心中，不在腳下。

MONTH : 1 2 3 4 5 6 7 8 9 10 11 12

MON

TUE

WED

THU

FRI

SAT

SUN

愛，因相互付出，才能天長地久。

MON

TUE

WED

THU

FRI

SAT

SUN

與世界更好的相處，擁抱生活的每一種可能。

MONTH : 1 2 3 4 5 6 7 8 9 10 11 12

MON

TUE

WED

THU

FRI

SAT

SUN

人生總要在拿起與放下之間成長、歷練。

MONTH : 1 2 3 4 5 6 7 8 9 10 11 12

MON

TUE

WED

THU

FRI

SAT

SUN

MONTH : 1 2 3 4 5 6 7 8 9 10 11 12

MON

TUE

WED

THU

FRI

SAT

SUN

心若不複雜，人生也簡單。
想要追求的東西太多了，有捨才有得。

MONTH : 1 2 3 4 5 6 7 8 9 10 11 12

___
MON

___
TUE

___
WED

___
THU

___
FRI

___
SAT

___
SUN

猶豫的時候，換個思路去選擇。
煩惱的時候，換個思維去排解。

MONTH : 1 2 3 4 5 6 7 8 9 10 11 12

MON

TUE

WED

THU

FRI

SAT

SUN

有人讓你哭了，一定會有人讓你笑。

MONTH : 1 2 3 4 5 6 7 8 9 10 11 12

_____
MON

_____
TUE

_____
WED

_____
THU

_____
FRI

_____
SAT

_____
SUN

心累的時候，換個角度看世界。
鬱悶的時候，換個環境深呼吸。

MONTH : 1 2 3 4 5 6 7 8 9 10 11 12

___
MON

___
TUE

___
WED

___
THU

___
FRI

___
SAT

___
SUN

人生的放下，是為了更好的拿起。
夢想不是浮躁，而是沉澱和積累。

MONTH : 1 2 3 4 5 6 7 8 9 10 11 12

MON

TUE

WED

THU

FRI

SAT

SUN

走了這麼久，你一定累了吧？
泡杯熱茶，休息一下吧。

MONTH : 1　2　3　4　5　6　7　8　9　10　11　12

MON

TUE

WED

THU

FRI

SAT

SUN

成熟，不是看破，而是看淡。

MONTH : 1 2 3 4 5 6 7 8 9 10 11 12

MON

TUE

WED

THU

FRI

SAT

SUN

人生的高度，不是你看清了多少事，而是你看輕了多少事。

MONTH : 1 2 3 4 5 6 7 8 9 10 11 12

MON

TUE

WED

THU

FRI

SAT

SUN

失敗時多給自己一些鼓勵，孤獨時給自己多一些溫暖。

MONTH : 1 2 3 4 5 6 7 8 9 10 11 12

MON

TUE

WED

THU

FRI

SAT

SUN

善良，是心靈的指南針，讓我們永遠不迷失方向。

MON

TUE

WED

THU

FRI

SAT

SUN

心有多遠，路有多長，路在心中，不在腳下。

MONTH : 1 2 3 4 5 6 7 8 9 10 11 12

MON

TUE

WED

THU

FRI

SAT

SUN

一個人的寬容，來自一顆善待他人的心。

MON

TUE

WED

THU

FRI

SAT

SUN

與世界更好的相處，擁抱生活的每一種可能。

MONTH : 1 2 3 4 5 6 7 8 9 10 11 12

MON

TUE

WED

THU

FRI

SAT

SUN

沒有人該為你做什麼，生命是自己的，為自己負責。

MONTH : 1 2 3 4 5 6 7 8 9 10 11 12

MON

TUE

WED

THU

FRI

SAT

SUN

過你喜歡的生活，喜歡你過的生活。

MONTH : 1　2　3　4　5　6　7　8　9　10　11　12

MON

TUE

WED

THU

FRI

SAT

SUN

心若不複雜，人生也簡單。
想要追求的東西太多了，有捨才有得。

MONTH : 1　2　3　4　5　6　7　8　9　10　11　12

MON

TUE

WED

THU

FRI

SAT

SUN

猶豫的時候，換個思路去選擇。
煩惱的時候，換個思維去排解。

MONTH : 1 2 3 4 5 6 7 8 9 10 11 12

MON

TUE

WED

THU

FRI

SAT

SUN

有人讓你哭了，一定會有人讓你笑。

MONTH : 1 2 3 4 5 6 7 8 9 10 11 12

MON

TUE

WED

THU

FRI

SAT

SUN

心累的時候，換個角度看世界。
鬱悶的時候，換個環境深呼吸。

MONTH : 1 2 3 4 5 6 7 8 9 10 11 12

MON

TUE

WED

THU

FRI

SAT

SUN

人生的放下，是為了更好的拿起。
夢想不是浮躁，而是沉澱和積累。

耐得住寒冬，才等得到花開……

放下，其實是一種全新的擁有……

人生的高度，不是你看清了多少事，而是你看輕了多少事……

失敗時多給自己一些鼓勵，孤獨時多給自己多一些溫暖……

做自己，成為自己。

善良，是心靈的指南針，讓我們永遠不迷失方向。

路在心中，不在腳下，心有多遠，路有多長……

擁抱生活的每一種可能，與世界更好的相處。

耐得住寒冬，才等得到花開……

放下，其實是一種全新的擁有……

人生的高度，不是你看清了多少事，而是你看輕了多少事⋯⋯

失敗時多給自己一些鼓勵，孤獨時多給自己多一些溫暖……

善良，是心靈的指南針，讓我們永遠不迷失方向。

路在心中，不在腳下，心有多遠，路有多長⋯⋯

走了這麼久，你一定累了吧？泡杯熱茶，休息一下吧。

耐得住寒冬，才等得到花開……

放下，其實是一種全新的擁有……

人生的高度，不是你看清了多少事，而是你看輕了多少事……

失敗時多給自己一些鼓勵，孤獨時多給自己多一些溫暖……

做自己，成為自己。

善良，是心靈的指南針，讓我們永遠不迷失方向。

走了這麼久，你一定累了吧？泡杯熱茶，休息一下吧。

耐得住寒冬，才等得到花開……

放下，其實是一種全新的擁有……

人生的高度，不是你看清了多少事，而是你看輕了多少事……

失敗時多給自己一些鼓勵，孤獨時多給自己多一些溫暖……

做自己，成為自己。

善良，是心靈的指南針，讓我們永遠不迷失方向。

走了這麼久，你一定累了吧？泡杯熱茶，休息一下吧。

耐得住寒冬，才等得到花開……

放下，其實是一種全新的擁有……

人生的高度，不是你看清了多少事，而是你看輕了多少事⋯⋯

失敗時多給自己一些鼓勵，孤獨時多給自己多一些溫暖……

做自己，成為自己。

善良，是心靈的指南針，讓我們永遠不迷失方向。

走了這麼久，你一定累了吧？泡杯熱茶，休息一下吧。

耐得住寒冬，才等得到花開……

放下，其實是一種全新的擁有……

人生的高度，不是你看清了多少事，而是你看輕了多少事……

失敗時多給自己一些鼓勵，孤獨時多給自己多一些溫暖……

做自己，成為自己。

善良，是心靈的指南針，讓我們永遠不迷失方向。

走了這麼久，你一定累了吧？泡杯熱茶，休息一下吧。

耐得住寒冬，才等得到花開……

放下，其實是一種全新的擁有……

人生的高度，不是你看清了多少事，而是你看輕了多少事……

樂筆記 4

冬：沉澱

作　　　　者	／	陳辭修
總　編　輯	／	何南輝
責 任 編 輯	／	謝容之
行 銷 企 劃	／	黃文秀
封 面 設 計	／	張一心
內 頁 構 成	／	上承文化

出　　　　版	／	樂果文化事業有限公司
讀者服務專線	／	（02）2795-3656
劃 撥 帳 號	／	50118837 號　樂果文化事業有限公司
印　刷　廠	／	卡樂彩色製版印刷有限公司
總 經 銷	／	紅螞蟻圖書有限公司
地　　　　址	／	台北市內湖區舊宗路二段 121 巷 19 號（紅螞蟻資訊大樓）
		電話：（02）2795-3656
		傳真：（02）2795-4100

2017 年 1 月第一版　定價／ 160 元　ISBN 978-986-94140-0-5